GILLETTE,

COMEDIE FA-CETIEVSE.

Par le sieur D.

A ROVEN,

DE L'IMPRIMERIE

De Dauid du Petit Val, Imprimeur &
Libraire ordinaire du Roy.

1 6 2 0.

L'AVTHEVR A MON-
sieur son intime.

ONSIEVR,

Mon intime, estant allé
voir, il y a bien vn mois, vn
mien parent, lequel de-
meure demie lieuë prés la ville des Lexo-
biens : ainsi comme nous deuisions de
plusieurs choses plaisantes, selon son humeur iouialle, entre autres bons contes
du tems, il m'en recita vn de l'amour fol-
lastre d'vn gentilhôme son voisin auec
sa seruante: auquel ayant pris grand plaisir, parce qu'il est fort comique, ie me
suis aduisé de passer huit iours de ces ar-
dantes chaleurs caniculaires, à luy donner forme de comedie, puis vous en faire vn present, d'autant que ie sçay que
vous prenez plaisir à la lecture de telles

A ij

faceties : receuez-le donc gayement , &
comme vn petit témoignage de mon affection, que ievous promets durer autant
que ma vie.

Voftre intime amy pour
vous feruir D.

Ce 12. d'Aouft. 1619.

A MONSIEVR D.
sur sa GILLETTE.

 L n'y a rien si delectable
A l'esprit bien aimé des cieux,
Que de conioindre, curieux,
Le doux auec le profitable.

Ainsi ton ame enamourée
Des douces chansons des neuf Sœurs,
Delaissant ses graues labeurs,
En ces delices se recrée.

Tu nous fais voir dedans tes carmes
Le naïf amour des bergers,
Et comme parmy tes vergers
Ce Dieu fait paroistre ses charmes.

Et maintenant pour témoignage
Que tu méprises les grandeurs,
Tu nous fais voir comme tu meurs
Pour vne fille de village.

D. D. P. V.

ENTRE-PARLEVRS.

Le Gentilhomme, amoureux de Gillet-
te sa seruante.
Gillette seruante.
Maturin grand laquais du gentilhomme
auſsi amoureux de Gillette.
La Damoiſelle maiſtreſſe de Gillette &
femme du Gentilhomme.
Maiſtre Ioſſe Preſtre Vicaire.

GILLETTE,
COMEDIE FA-
cetieuse.

ACTE I.   SCENE I.

Le Gentilhomme & Gillette.

Le Gentilhomme.

Ertes l'adage est veritable
Qui dit que dessus vne table
Vn mets trop souuent presenté
Rend nostre estomach degousté:
Bref vne chose trop commune
En fin de temps nous importune.
Ie dy cecy parlant de moy,
Qui suis sous la nopciere loy
Par le vouloir des destinées
Arresté depuis quinze années,
Ayant tousiours à mon pouuoir
Rendu d'vn mary le deuoir
A ma moitié, mais cette flame
D'Amour, qui nous échauffoit l'ame

A iiij

Par le long temps cy dessus dit
Maintenant fume & refroidit.
Ce qui fait que de nostre couche
Ie ne viens plus à l'escarmouche
Si souuent comme au temps passé,
Non pas que ie sois harassé:
Mais c'est que par trop ie me lasse
De ma compagne qui se casse,
Si bien que pour me rafraischir
Il me faut les bornes franchir
Des vieilles loix du mariage,
Et rechercher d'vn grand courage
Pour alleger ma passion
Quelque ieune & tendre sion
Qui se flechisse à ma priere.
Gillette nostre chambriere
Seroit fort propre à mon dessein,
Elle est gentille & tout à plein
De gaye humeur, elle sçait dire
Fort à propos le mot pour rire,
Ce qu'ayant bien consideré,
Ie m'en suis tout énamouré,
Mais neanmoins elle l'ignore,
N'ayant eu le moyen encore
De luy conter, & l'éprouuer.
Or sus ie m'en vay la trouuer,
Mais la voicy, bonne auenture:
Vertu bleu la belle monture!
Voilà dequoy desennuyer
Vn expert & fort escuyer:
Qu'elle est d'vne gentille taille
Pour entrer en champ de bataille:
Tant plus ie vay la regardant

Plus mon cœur en deuient ardant:
Approchons, c'est trop de demeure
Et l'accostons à la bonne heure.

Gillette voyant venir monsieur deuers elle, elle parle ainsi.

Monsieur vient deuers moy tout doux
Ie croy pour me taster le pous,
Car si ie ne me suis deceuë
Deux fois ie me suis apperceuë
Qu'il me voit d'vn œil amoureux.

Le Gentilhomme.

Dés long temps i'estois desireux
De te rencontrer, ma Gillette,
En quelque lieu toute seulette
Pour auoir la commodité
De te parler en seureté.
Arreste donc, i'ay quelque chose
Que ie te veux. Gillette. Monsieur, ie n'ose
Plus long temps icy m'arrester.

Le Gentilhomme.

Et qui te fait ainsi haster?

Gillette.

I'ay crainte de Madamoiselle.

Le Gentilhomme.

Non, non, n'ayez point de peur d'elle,
Ie te seruiray de garand
Si vous auez du different.

Pour ce suiet, donques arreste,
Prestant l'oreille a la requeste
Que ie m'en vay te declarer:
Ie ne cesse de soupirer,
Iour & nuict pour ton beau visage
Qui m'a sçeu gaigner le courage,
Et sceu tellement me forcer
Que ie n'ay point d'autre penser:
Pourquoy sans faire la hautaine
Prends pitié de ma dure peine,
Et ne permets que ce tourment
Me pousse dans le monument.
Tu serois certes bien coupable
Si tel accident deplorable
M'arriuoit pour ton amitié:
Mais si tu prends de moy pitié
Gillette, ie te fay promesse
De te faire du bien sans cesse,
Et pour encor plus t'émouuoir,
Ie te promets de te pouruoir
En te mariant à ton aise:
Or sus vien ça que ie te baise
Et que ie touche ton teton
Beaucoup plus vermeil qu'vn bouton
Du mois de May, doncques approche.

Gillette.

Monsieur, l'on m'en feroit reproche:
S'il vous plaist de vous retirer.

Le Gentilhomme.

Hé quoy me veux-tu martirer?
Tien tien voilà que ie te donne,
C'est vn ducat, oy comme il sonne

Vn air du tout armonieux,
Vois-tu comme il reluit aux yeux?
Si ie reconnois que tu m'aime
Ie t'en donneray bien de mesme,
I'ay dans mon logis vn tresor,
Où plusieurs pareils sont encor.
Tien, pren-le donc en esperance
D'en auoir plus grande abondance.

Gillette.

Monsieur, ie ne le prendray pas,
I'encourray plustost le trespas
Qu'vn tel vice i'aille commettre:
Hé vous auez beau me promettre,
Non, monsieur ie n'en feray rien,
Car ie suis trop fille de bien:
D'autres que vous m'ont essayée,
Mais ie ne me suis effrayée
Dés beaux discours qu'ils m'ont tenus:
O qu'ils estoient les bien venus,
Le plus souuent pour leur salaire
Ils ont éprouué ma colere,
Leur desserrant sur le museau
Vn rude coup de mon fuseau,
Ou bien de ma quenouille forte.

Le Gentilhomme.

Si n'enten-ie pas de la sorte
Gillette, me voir caressé:
Plustost i'aime d'estre embrassé
D'une façon gaye & gaillarde.

Gillette.

Helas monsieur que ie n'ay garde
De vous traitter si rudement,

Ie sçay bien le commandement
Qu'un maiſtre a deſſus ſa ſeruante:
I'aimerois mieux n'eſtre viuante
Que d'auoir commis ce defaut,
Trop bien pour quelque gros pitaut
De mon eſtat, qui voudroit faire
Quelque choſe pour me deſplaire,
Mais pour vous mon maiſtre & ſeigneur,
Ie vous porte par trop d'honneur.

Le Gentilhomme.

Moins de reſpect, Gillette, & change
Cette rude façon eſtrange
En vraye amour, i'aimeray mieux
Vn doux accueil de tes beaux yeux
Que tant d'honneur, ie te le iure.

Gillette.

Ie ne me feray telle iniure
Que de perdre la chaſteté.

Le Gentilhomme.

Ma foy, c'en eſt trop diſputé,
Et trop dépendu de langage,
Ie veux auoir ton pucelage
Auant que finiſſe ce iour,
Soit par argent ou par amour:
Il ne faut point tant de paroles,
Tien, prend encor ces deux piſtolles,
Et m'accorde ce dernier point.

Gillette.

Monſieur, ie me les prendray point
Pour vn ſuiet ſi deshonneſte.

Le Gentilhomme.

Pren-les donques, ie te les preste
A mes les rendre dans le temps
Que tous hommes seront contens:
Le terme est long & profitable.

Gillette.

Puis que vous l'auez agreable
Ie les prendray donques, monsieur.

Le Gentilhomme.

Or pour vne telle faueur,
Permets que ie baise ta iouë,
Et qu'auec ton teton ie iouë.

Gillette.

Ie ne veux pas pour vn baiser
Arrogamment vous refuser:
Mais premier il faut prendre garde
Qu'icy quelqu'vn ne nous regarde.

Le Gentilhomme.

Ie ne voy rien ny près ny loin
Qui puisse seruir de tesmoin:
Encor vn Gillette ma belle.

Gillette.

Monsieur, ie voy Madamoiselle,
Hé lachez-moy, retirez-vous.

Le Gentilhomme.

Que ce baiser m'a semblé dous!
Qu'en despit de ma vieille amie,
Qu'elle eust esté bien endormie
Au lieu de me venir facher,
En vn plaisir que i'ay si cher.
Or ie m'en vay en esperance

D'auoir vn iour la iouyssance
De Gillette mon petit cœur
S'il ne m'arriue du malheur?
Mais ie croy si bien me conduire
Qu'il n'aura pouuoir de me nuire.

SCENE II.

La Damoiselle, & Gillette.

La Damoiselle.

QVe c'est vn grand contentement
Et mesme vn grand soulagement.
D'auoir pour faire le mesnage
Vne seruante qui soit sage
Et pleine de fidellité,
Aimant du tout l'utilité
Et le profit de sa maistresse,
En trauaillant presque sans cesse:
Pour moy ie croy que le Soleil
Ne voit rien icy de pareil,
C'est vn tresor inestimable,
C'est vn bien qui n'a de semblable
Qu'on doit estimer grandement,
Ne se trouuant que rarement.
l'en puis parler comme certaine
Ayant esté dix ans en peine
Apres ce bien tant approuué
Auant que de l'auoir trouué:
Or maintenant i'en suis saisie,
Ayant selon ma fantasie
Vne chambriere qui fait

Nostre mesnage à mon souhait,
Et bref i'en suis si bien seruie,
Que ma foy i'aurois bien enuie,
Que de çeans aucun effort
Ne la retirast que la mort.
Hé bien Gillette, nostre affaire
Va-telle comme d'ordinaire?
Que fait le harnois, son labeur
Sera-til point vn peu meilleur
Que celuy de l'autre sepmaine?
Mais à propos de nostre laine,
Dites vn peu comme en va-til,
En ferons-nous bien tost du fil,
Puis apres de la draperie
Pour vestir nostre infanterie?

Gillette.

N'ayez de cela nul soucy,
Car elle est preste Dieu-mercy:
Vne partie est assez fine
Pour faire de belle étamine:
L'autre pour faire vn beau drap gris
Qui ne sera d'vn petit pris
Pour se parer aux grandes festes.

La Damoiselle.

Dy, Gillette, que font nos bestes,
Nos bœufs, nos vaches & nos veaux
Et nos brebis & nos pourceaux.

Gillette.

Madamoiselle, ils font grand' chere,
Toutes les fois que ie vay traire
Nos vaches, i'en tire deux sçeaux,
Et si i'en donne encor aux veaux.

La Damoiselle.

Cela va bien, à la bonne heure,
Combien auez-vous fait de beurre
Cette fepmaine.   Gill.   Vn bien grand coin,
Mais ma foy ie n'ay pris le foin
De le peſer, mais i'ay créance
Que s'il eſtoit dans la balance,
Douze liures ſeroient ſon pois.

La Damoiſelle.

C'eſt bien allé, les autres mois
Elles n'auoient tant de laictage,
Mais c'eſtoit faute de fourrage,
Cette année il en eſtoit peu:
Gillette, qu'auons-nous au feu?

Gillette.

Vous auez de bons choux à pomme,
Auec du bœuf qui s'y conſomme,
Et du lard & du mouton gras.

La Damoiſelle.

C'eſt bien aſſez pour vn repas,
Mais mon mary qui ſe promene,
Touſiours quelquvns nous améne,
Or Gillette ſçais-tu que c'eſt,
Mais que noſtre diſner ſoit preſt,
Vien-ten nous querir pour repaiſtre,
Pendant ie vay trouuer ton maiſtre,
Lequel eſt dedans ce verger,
Ce crois-ie à faire meſnager.

ACTE II.   SCENE I.

Maturin, & Gillette.

Maturin.

EN vain ie tasche à me deffendre,
Ie suis du guet, il me faut rendre,
Amour de qui l'on parle tant,
A cette fois me va domtant,
C'est force, il faut que ie luy cede
Et que ie cherche du remede.
A son feu dont ie suis bruslé,
Et qui me rend presque affollé
De la belle & douce maniere,
De nostre grande chambriere
Gillette, dont l'habileté,
Acquiert ceans l'authorité
D'vne autre seconde maistresse,
Qui commande, trauaille & presse
Chacun à faire ce qu'il doit,
O que si cela dépendoit
De ma volonté, ie vous iure,
Qu'vne plus heureuse aduanture
Ie ne voudrois pour m'enrichir,
Il faut tascher de la fleschir,
Et faire si tresbien en sorte,
Que de l'amour elle me porte,
A propos la voicy venir,
Cà çà, ie vay l'entretenir.

Gillette parle seule, auant que voir Maturin.

Monsieur en a dans la ceruelle,
Il me fait de la cresserelle,
Et pense si bien m'en-ioller
Qu'à son vueil ie me laisse aller,
Mais il n'a pas besongne faite,
Me tient il pour quelque nicete
Qui ne sçait les tours d'auiourd'huy,
Ie ne suis pas encor à luy.

Maturin.

Qu'est-ce que Gillette remasche,
Corbleu ie croy qu'elle se fasche
De quelque chose, écoutons-la,
Et sçachons d'où prouient cela,
Mais afin qu'elle ne me voye
Ie vais m'oster hors de sa voye,
Et me cacher dedans ce coin.

Gillette.

O qu'il est encores bien loin
Du but où son desir aspire,
Et si parauant qu'il y tire,
Ie me feray bien supplier,
Il parle de me marier
A ie ne sçay quel badaut d'homme,
Auquel il promet vne somme
D'argent, afin de me dotter:
Et tout cela pour me monter,
Mais ma foy ie suis bien plus fine
Qu'il ne paroist pas à ma mine,
Les villes où i'ay demeuré,

Ont mon esprit du tout leurré,
Ie ne suis pas ainsi legere,
Bon pour quelque simple bergere,
Qui dessous l'ombre des ormeaux,
N'a iamais veu que ses troupeaux.

Maturin.

Quelque peine que i'ay sçeu rendre,
Iamais ie n'ay sçeu bien entendre,
Cela que Gillette a conté,
Et si i'ay fort bien écouté,
C'est fait, la harangue est finie,
Allons apres, car ie renie
Tous les grands diables des enfers,
Si cette occasion ie pers,
I'en feray long temps penitance,
Touché de viue repentance,
Hau, hau, Gillette : vn mot, vn mot.

Gillette parle, le vers suiuant seule, puis les suiuants à Maturin.

Que me veut dire ce gros sot?
Est-ce toy qui m'as appellée?
Ie n'estois pas bien loin allée,
Que me veux-tu? Maturin. Vous discourir,
D'un chaut-mal qui me fait mourir,
S'il vous plaist le vouloir entendre.

Gillette.

Si c'est vn mal qui puisse prendre,
Cartier à part, retire toy,
Et n'approche si prés de moy.

Maturin.

Encor que mon mal soit extréme,
Si n'offence-til que moy-mesme,
Moy tout seul i'en resens les coups,
Bien que la cause en soit en vous.

Gillette.

Ie n'entens tels discours friuolles,
Eclarcis-moy mieux tes parolles,
Sinon ie m'en vay te quitter.

Maturin.

Hé ne vueillez vous dépiter,
En peu de mots ie vay vous dire
Le mal qui fait que ie soupire,
S'cachez donques que mon tourment
Procede de vous proprement,
C'est vous qui m'auez fait malade,
Par la force de mainte œillade,
Que vos yeux me sceurent darder,
Lors que i'osay vous regarder,
Vn iour que nous estions ensemble.

Gillette.

De crainte & de frayeur ie tremble,
T'oyant dire que de mes yeux
Il sort vn mal contagieux,
Hà hà, la plaisante cassade,
O que te voilà bien malade,
Pauure homme faits ton testament,
De peur de mourir promptement.

Maturin.

Quoy donques, Gillette cruelle,
Au lieu d'vne amour mutuelle,
Vous vous mocquez ainsi de moy?

Vous en fouuienne, par ma foy,
Si ie puis i'en prendray vengeance,
Ou ie manqueray de puiſſance,
Vous donnant pour dur chaſtiment,
De mon corps vn embraſſement,
Ca vous l'aurez tout à cette heure.

Gillette.

Lasche-moy, Maturin demeure,
Ainſi me veux-tu chaſtier,
Qu'en dépit du galle-fretier,
Voilà mon couure chef par terre,
Qu'au diable ie donne le herre.

Maturin.

Et moy vous quittant en ce lieu,
M'en allant ie me donne à Dieu.

SCENE II.

Le Gentilhomme, & Gillette.

Le Gentilhomme.

LE mal d'amour eſt incurable,
Si le doux ſuiet agréable
Qui cauſe noſtre paßion,
N'en a quelque compaßion,
Pour choſe que i'aye ſçeu faire,
Iamais ie n'ay peu me diſtraire
De l'amour que ie vay portant,
A Gillette que i'aime tant,
Et dont ie ſuis preſque idolaſtre,
Elle fait de l'opiniaſtre,
M'alléguant l'honneur pour raiſon,

Et que iamais dans sa maison,
Fille ne s'est tant oubliée,
Que d'estre garce publiée,
Et qu'elle ne commencera,
Mais que plustost elle mourra,
Discours qui ma mis en tel doute,
Que peu s'est fallu, qu'en déroute
Ie n'ay le combat entrepris
Quitté, sans emporter le prix,
Et certes i'estois en ce terme,
Presque reduit m'y tenant ferme,
Sans que ie me suis aduisé
Qu'il n'est rien de si déguisé,
Que les parolles d'vne femme,
Et que souuent dedans leur ame
Elles pensent tout autrement,
Que leurs propos dits faussement,
Pourquoy reprenant ma brisée,
Ie vais voir si cette rusée
Qui se veut faire courtiser,
Auroit point bien peu s'auiser:
Hà ! ie la vois en lieu commode,
Ie vais l'accoster à ma mode.

Gillette voyant venir le Gentil-homme, parle ainsi seule.

Voilà monsieur, qui vient vers moy,
Pour me parler comme ie croy,
De l'affection qu'il me porte,
Et qu'il me dit estre si forte,
Que rien ne la peut égaler,

Comme ie vais diſſimuler,
Et faire encor de la facheuſe,
Ainſi qu'une fille honteuſe,
Qui n'a point encores goûté
Du fruit d'amour tant ſouhaité,
Mais mot, car le voicy tout contre,
Voy comme il ſe met ſur la montre,
Et comme il eſt par tout polly,
Le tout pour me ſembler ioly.

Le Gentilhomme.

Mon cœur, ma Gillette, ma bonne,
Pendant que l'on ne voit perſonne
A trauers cette court marcher,
Allons vn peu dans ce buſcher,
Ou bien ſi tu l'as agreable,
Retirons-nous en cette étable,
En laquelle ſont les cheuaux,
Là ie te diray les trauaux
En quoy ie vy, pour te voir dure
A m'accorder ce que nature
Fait exercer aux animaux,
Tant raiſonnables que brutaux.

Gillette.

Monſieur, il n'eſt point neceſſaire
Que i'entende vne telle affaire,
S'il vous plaiſt, vous m'excuſerez,
Et ſeule icy me laiſſerez,
Afin d'acheuer ma beſongne,
Que ma maiſtreſſe ne me hongne.

Le Gentilhomme.

Ho Gillette, ho qu'eſt ce-cy,
Quoy me faut-il traitter ainſi?

Comment, tant plus tu me captiue,
Et plus tu fais de la restiue,
Chasse de toy cette rigueur,
Et prends pitié de ma langueur.

Gillette.

Monsieur, la pitié sans remede
N'est propre au mal qui vous possede,
Puis quand ie pourrois vous aider,
Ie ne veux pas m'y hazarder,
D'autant que l'honneur que i'estime,
Fait que ie deteste ce crime.

Le Gentilhomme.

Ce n'est pas un crime qu'aimer,
Aucun ne t'en sçauroit blasmer,
S'il n'est bien ignorantissime.

Gillette.

Bon pour un amour légitime,
Mais son contraire est vitieux,
Estant mesme hay des cieux,
Ainsi que i'entens souuent dire
A nostre bon homme messire
Iean des Iardins. **Le Gen.** Hà hà, vray'ment
Il presche ore ce document,
Cassé de la grande foiblesse
Qui l'accompagne en sa vieillesse,
Mais durant ses beaux ieunes ans,
Il se donnoit bien du bon temps,
Ne faisant nulle conscience
De viure en sainte continence.

Gillette.

Monsieur, vostre accusation
Est fort suiette à caution,

D'autant

Dautant que vous estes contraire
A la foy pure & salutaire,
Que ce bon messire vieillard
Nous presche simplement sans fard.

Le Gentilhomme.

Bien que ma foy prenne origine
De la fine presche Caluine,
Si ne voudrois-ie auoir blasmé
Vn homme de bien renommé
De quelque sexe qu'il peust estre,
Soit Payen, Musulman ou Prestre:
Mais c'en est assez deuisé,
Reprenons le discours brisé,
Dont mon amour est la matiere,
Et me dy si tousiours entiere
Tu resteras à me nier
Des amans le plaisir dernier:
Ma Gillette trop accomplie,
Auise toy ie te supplie,
Et ne me laisse plus ainsi
D'eynuys & de peines transi,
Aime moy Gillette ma vie,
Aime moy donc ie t'en conuie
Partout ce qui peut émpuuoir.

Gillette.

Monsieur, ie sçay que mon deuoir
Est de vous aimer comme maistre,
Et de vous le faire parestre
Vous seruant bien, mais pour amant
Vous aimer, l'on m'iroit blasmant.

Le Gentilhomme.

Aucun n'en sçaura la nouuelle,

B

Car ie te seray fort fidelle.
Gillette.
Quand bien vostre discretion
Iroit celant sa passion,
Par ma foy, i'aurois trop de crainte
De deuenir en bref enceinte.
Le Gentilhomme.
Que cela ne te face peur,
Ie sçay preuenir ce malheur
Par vne certaine science
Dont i'ay parfaite experience.

Gillette à par elle, puis au Gentilhomme.

Me voicy tantost aux abois,
Si mon esprit fin & matois
N'inuente quelque échapatoire
Qui luy retarde la victoire:
Monsieur, monsieur retirez-vous,
Ie viens de voir tout prés de nous
Madamoiselle qui sans doute
Trop défiante nous écoute.
Le Gentilhomme.
Ie m'en vay donc, mais cependant
Pense de m'aller accordant,
Tu m'entens bien sans dauantage
Y dépendre plus de langage.
Si ie ne me vay deceuant
Me voilà tantost bien auant
Dans mon amoureuse entreprise:
Gillette m'est certes acquise,

Ie ne voy plus rien me rester
Qu'vn lieu propre pour l'aiuster,
Lequel en toute diligence
Ie vay chercher dans le silence
De cette obscure & proche nuit,
Propre pour l'amoureux déduit.

ACTE III.   SCENE I.

Maistre Iosse Prestre, & Maturin.

Maistre Iosse.

QVe le monde est plein de malice,
Comme il se va souillant au vice
N'estimant non plus la vertu
Que l'on feroit vn vieil festu.
Non seulement le populaire
Se va plaisant à tout mal faire,
Mais encor que l'on voit les plus hauts
En honneurs, ont plusieurs defauts,
Et telles personnes celebres
Ne sont icy que des tenebres,
Au lieu d'estre vn flambeau luisant
Qui nous aille au bien conduisant.
Mais ce qui plus encor me fasche
Et qui fait qu'à tous coups ie lasche
Des cris d'ennuy, c'est que l'en voy
Faisant les saints tous plains de foy,
Qui n'ont dedans la fantasie
Rien qu'vne fausse hypocrisie:

B iij

O gent méchante, & dont l'enfer
En bref se verra trionfer.

Maturin.

I'allois iusques au prébitaire
Voir maistre Iosse debonnaire,
Pour l'auertir d'un nouueau cas
Qui se passe, & qu'il ne sçait pas:
Mais le voicy, dont i'ay grand'ioye,
Mesmes il vient par cette voye:
Bon iour, monsieur. Maistre Iosse. *A vous aussi,*
Que faisois-tu tout seul icy.

Maturin.

Monsieur, i'allois chez vous me rendre
Pour une chose vous apprendre,
Dont vous seriez certes fasché
S'il en arriuoit du peché.

Maistre Iosse.

Conte-la moy, sans plus attendre,
Car ie desire de l'entendre.

Maturin.

Monsieur, mon maistre est transporté
De la bonne grace & beauté
De Gillette, sans fin sans cesse
Il la cherche, poursuit & presse
Sans luy donner aucun repos:
Et i'ay grand peur que ses propos
Accompagnez d'un present riche,
Facent qu'en fin il ne luy niche
Son estourneau dans son boulin,
Car c'est un matou pate-lin:
Pourquoy monsieur ie vous coniure
Au nom du facteur de nature,

Et lequel vous allez seruant,
De voir Gillette, parauant
Que mon maistre qui la caiolle
Monte dessus & la bricolle.
Ce qui me fait vous en prier,
C'est qu'elle estant à marier
I'ay desir d'aller voir son pere,
Et sa bonne femme de mere,
Pour les supplier de bon cœur
De me faïre cette faueur,
De vouloir franchement entendre
A me receuoir pour leur gendre.

Maistre Iosse.

Vne fille de douce humeur
Laquelle aime sur tout l'honneur,
M'est venu voir depuis n'aguere,
Qui m'a conté tout le mistere
Que tu me viens de reciter,
Me suppliant de rapporter
Tout ce qui me seroit possible,
Pour empescher ce vice horrible.
C'est pourquoy ie m'acheminois
Vers ce quartier, pour d'vne vois
De charité douce & poignante,
Remonstrer à cette seruante.

Maturin.

Continuez vostre chemin,
Vous ferez vn œuure diuin.

Maistre Iosse.

Si fay-ie, & si de plus i'espere
Mon voyage estre salutaire.

SCENE II.

Le Gentilhomme, & Gillette.

Le Gentilhomme.

Apres auoir bien debatu,
Bien resisté, bien combatu,
En fin ma Gillette, ma vie,
Tu as accomply mon enuie:
Parquoy tu te peux asseurer
De voir tousiours sans fin durer
L'amitié que ie t'ay promise.

Gillette.

Las ! monsieur, vous m'auez surprise
Lors que ie ne m'en guettois pas,
Estant couchée entre les dras,
Autrement, c'est chose arrestée,
Vous ne m'eussiez ainsi gastée:
Or puis que vous m'auez rauy
Mon pucelage poursuiuy
Par maints garçons, ie vous exhorte
A m'aimer d'vne amour bien forte,
Ayant de moy tousiours du soin,
Ne me delaissant au besoin,
S'il arriuoit que la fortune
Vers moy se monstrast importune.

Le Gentilhomme.

Gillette, ie te fay serment
De t'aimer bien fidellement,
Et quelque chose qu'il suruienne

De te tenir tousiours pour mienne
Te faisant part de mes tresors
Comme ie te fay de mon corps:
Mais de ta part sois moy fidelle
M'aimant d'vne amour immortelle.

Gillette.

Monsieur, viuez en seureté
Que tousiours ma fidelité
Sera comme vn roc immuable:
Puis vous estes par trop aimable
Pour qui que ce fust vous changer,
Non ie n'ay pas l'esprit leger
Comme vne arondelle qui volle,
Ie suis de vostre amour trop folle.

Le Gentilhomme.

Et le tien bien plus ie chery,
Que si i'estois ton vray mary:
Or sus viença que ie te baise
Cinq ou six coups tout à mon aise.
Vn si doux & friand plaisir
En t'embrassant me vient saisir,
Que i'y serois vne sepmaine,
Si tu n'en auois de la peine.

Gillette.

Ho c'est assez pour vne fois:
Ne me baisassiez-vous d'vn mois
Vous m'auez tellement pressée,
Que i'en ay la bouche enfoncée.

Le Gentilhomme.

Ie t'aime tant que ie voudroy
Pouuoir du tout m'vnir à toy.

ACTE IIII.   SCENE I.

Maiftre Ioffe, & Gillette.

Maiftre Ioffe.

IE m'eftois mis icy derriere,
Faignant de dire mon breuiere
Attendant que ie pourrois voir
Gillette que veut deceuoir
Son maiftre trop amoureux d'elle,
Parce qu'elle eft vn peu plus belle
Que fa femme, de qui les yeux
N'ont plus rien qui foit gracieux.
Mais fi bien toft elle ne paffe
Prés de moy, c'eft fait, ie me laffe,
Ie ne fçaurois plus me tenir
En ce lieu, la voicy venir:
Ie croy que fon Ange lucide
Tout expres deuers moy la guide,
A celle fin de l'exorter
A chaftement fe comporter:
Or ie fors de mon échauguette
Pour l'affiner de ma baguette.

Gillette à par elle.

Que me veut ce beau fermonneur?

Maiftre Ioffe.

Ecoute Gillette, ma fœur
D'Eue & d'Adam. Gillette. Monfieur i'ay hafte

I'ay laißé dans la met la paste,
Ie m'en vay pour faire le pain.

Maistre Iosse.

Si n'iras-tu pas si soudain
Que premier ie ne t'auertiße
Que tu te garde bien d'vn vice
Où ton maistre veut t'attirer,
Ne le croy pas pour soupirer,
Son discours est plein de cautelle
Comme celuy d'vn infidelle:
Et bien qu'il soit fort diligent
A te promettre de l'argent,
Voire mesme de t'en faire offre,
En eust-il le comble d'vn coffre,
N'en prens vn sol, l'honneur vaut mieux
Que tous les tresors precieux:
Puis d'autre part ayes emprainte
Dedans le cœur de Dieu la crainte,
Pense en la mort qui de son dard
Nous vient percer de part en part,
Alors que nostre ame insensée
Y porte le moins sa pensée.
Las pense aux tourmens destinez
Aux bas enfers pour les damnez,
Lesquels n'ont iamais d'intermede
Comme estans sans aucun remede.
Penses-y ma fille souuent,
Et ne reiette pas au vent
Le bon conseil que ie te donne.

Gillette.

Monsieur, ie ne sçache personne
Qui puiße auecque verité

M'accuſer d'impudicité,
Ie ſuis bien pauure , mais honneſte,
Et ne ſeray iamais ſi beſte
De preſter nul conſentement
A viure ſi brutalement.
Monſieur , ie ne ſuis pas ſi pronte
A croire quand quelqu'vn m'en conte:
Ie ſçay fort bien le renuoyer
Autre part ſe deſennuyer.

Maiſtre Ioſſe.

C'eſt tres-bien fait , diſt-il merueille,
N'y preſte iamais ton oreille:
Fuy tels cauſeurs comme vn ſerpent,
Car las trop tard l'on ſe repent
D'auoir creu leurs parolles faintes,
Qui cauſent apres mille plaintes.
Or bien , puis que ie recoñnois,
Que tu veux viure ſous les lois
De la vertu , ſainte portiere
De Paradis , ie fay priere
Au Tout-puiſſant, qu'à l'auenir,
Il te vueille touſiours tenir
En ſa tres-ſainte bienueillance,
Sans que rien te porte nuiſance.
Adieu ma fille , qu'à idmais
Il te donne ſa douce païs.

Gillette.

Adieu monſieur , qu'en recõpenſe
Il vous garde de toute offence:
Viuez ioyeux ſans reſentir
Onques les coups d'vn repentir.
Pourtant ce bon preſtre honorable

M'a dit chose tres-profitable
Si ie pouuois l'executer.
Moy pour ne le mécontenter,
I'ay fait de la sainte nitouche,
Parlant d'honneur à pleine bouche,
Et tenant en mon cœur caché
Ce plaisir qu'il nomme peché,
Qui ne l'est qu'en tant qu'on l'éuante,
Et que par sottise on s'en vante.

SCENE II.

La Damoiselle, & Gillette, & Maturin laquais.

La Damoiselle.

PErfide méchant & leger
Tu m'as donques voulu changer
Suiuant ta passion brutale,
Pour vne qui m'est inégale
De richesse & d'extraction,
Et qui n'a de perfection
Pour attirer vn bon courage,
Que quelques beaux traits de visage,
Encores dépourueus d'appas
Sinon pour quelques esprits bas,
Au nombre desquels ie te conte,
Puis que tu n'as aucune honte
De quitter mon amour certain,
Pour embrasser cette putain:
Encor ne suis-ie point si laide

Qu'on me puisse dire vn remede
Pour guarir le mal de Cypris:
Non, ma beauté n'est pas sans pris,
Ie me veis hier dedans ma glace
Où ie remarqué que ma face
A des attraits assez charmans
Pour esclauer plusieurs amans:
Et quand il seroit au contraire
Si deueroy-ie bien te plaire,
M'ayant cette obligation
Que d'auoir fait élection
De ta personne, au preiudice
De cent qui m'offroient leur seruice.
O que si i'eusse peu preuoir
Le manquement de ton deuoir,
Asseure toy villain lubrique
Que ie t'eusse bien fait la nique,
Te renuoyant dans vn bordeau
Amortir le paillard flambeau
Que l'amour, non mais bien Erine,
Alluma dedans ta poitrine:
Mais à quoy tant de vains discours?
Me vengeray-ie point des tours
De ce méchant remply d'ordure?
Ouy, ie m'en vengeray, i'en iure,
Et voire tout presentement,
Ayant à mon commandement
Sa mignonne & bonne commere,
Que ie vay battre de colere,
Cependant qu'il est empesché
A se promener au marché.

La Damoiselle va trouuer Gillette,
& la bat, ce qui fait qu'elle luy
parle ainsi.

Helas pourquoy suis-ie battuë,
A l'aide, accourez on me tuë,
Hé ie vous demande pardon,
Las ! est-ce là donc le guerdon
De mon tres-fidelle seruice.

La Damoiselle.

Non , mais bien celuy de ton vice.

Maturin.

Digne morbieu que voy-ie là?
Tout-beau, tout-beau , holà , holà,
Madamoiselle. La Damois. *T'a fiéure quartaine,*
Tu deffends donc cette villaine?
Par la mercy-bieu grand pendard,
Ie m'en vay bien rosser ton lard.

Maturin.

Harau , morbieu comme elle frappe,
C'est pour le meilleur que i'échappe,
Car ie n'aime pas bien le ton,
Que sonnent les coups de baton
Dessus mon dos & sur ma teste,
Mais fuy pourette & ne t'arreste,
Pendant que Madamoiselle oint
D'huille de latte mon pourpoint.

La Damoiselle.

Mercy-bieu grand herre d'hostiere,
Tu l'as donc fait fuir arriere?
Ho ,sans doute nez de toreau,
Tu luy seruois de macquereau,

Puis qu'ainsi tu la fauorise
Et que tu m'as fait lascher prise.

Maturin.

Ie n'entens point cette leçon,
Est ce du bœuf ou du poisson?
Ie n'en ay nulle connoissance,
Ie manque trop de suffisance,
Et ne suis assez bon vallet,
Pour sçauoir porter le poullet,
Mais ie sçay bien sous vne treille,
Vuider plustost vne bouteille,
Puis au partir de la chanter,
Rire, gaudir, dancer, sauter.

La Damoiselle.

Quoy doneques, ce facquin se mocque?
Il faut qu'encore ie le chocque
A coups de pierres, & là donc.

Maturin.

Hé comme ie tire le long,
Digne morbieu, sans raillerie,
Il m'est à voir d'vne furie,
Qui marche & fait maint soubre saut,
Sur vn theatre large & haut.

La Damoiselle.

Or maintenant ie suis vangée,
Ma bonne piece est délogée,
Apres auoir d'vn coteret
Espousté son corps guilleret,
Hà que ie l'eusse bien lattée,
Si ce coquin ne l'eust ostée
D'entre mes poins, & mon mary
En deust-il faire le marry,

Si deformais l'amour le pique,
Il chassera cette impudique,
Ailleurs qu'en ce lieu de respec,
Il se peut bien torcher le bec.

O

ACTE V. SCENE. I.

Le Gentilhomme, & Maturin.

Le Gentilhomme.

PAr la vertu-bleu quand i'y pense,
Vne malheureuse influence,
Des estoilles aux cours diuers,
M'a bien veu ce iour de trauers,
Pendant que i'estois à la ville,
Ma femme par trop inciuille,
A fait vuider honteusement
Gillette mon contentement,
Sans auoir égard au scandalle,
Qu'aux yeux d'vn chacun elle estalle,
Commettant tel acte indiscret,
Qu'elle deuoit tenir secret,
Pour ne rendre pas diffamée
De la sorte, la renommée
De sa maison, ny celle aussi
De Gillette, mon doux soucy,
Hà, si par quelque intelligence
Le Ciel m'eust donné la science
D'auoir ce malheur deuiné,
Pour rien ie n'eusse abandonné

Cette maison, ores deserte,
Faisant vne si grande perte,
Laquelle si ie n'esperois
Recouurer en bref, ie mourrois,
Car l'ennuy qui me fait la guerre
Me ietteroit bien-tost par terre,
Or donc afin de preuenir
Tout le mal qui pourroit venir
De cet accident déplorable
Qui me seroit fort reprochable,
S'il ne se voyoit reparé,
Par vn tour d'esprit admiré,
Inuentons quelque trait notable,
Que l'on croye si vray semblable,
Que l'on n'en sçache que iuger,
Ho, c'est fait i'y viens de songer,
Amour petit fils de Cyprine,
Vray'ment ta puissance est diuine
D'aiguiser si bien les esprits
De ceux que tu detiens épris
D'vne beauté ieune & gaillarde,
Qui d'vn œil riant les regarde,
Or sus ie m'en vais reciter
Ce que tu m'as fait inuenter,
C'est que ie cherche du remede
En la cause d'où me procede
L'ennuy dont ie suis tourmenté,
Autrement tout seroit gasté,
Il faut que ie cherisse & flatte,
Nostre ieune seruante Agatte,
De qui l'esprit fin & rusé
Tout nostre malheur a causé,
Puis mais que ie l'aye gaignée,

Par le moyen d'une poignée
De quars d'écus, ie luy feray
Dedire le mal aueray,
Par sa languette conteressé
A sa trop crédule maistresse,
Mais mot, icy prés i'apperçoy
Maturin qui vient deuers moy,
Que dit-on Maturin, bien qu'est-ce?

Maturin.

Par la mordiéne ma maistresse
A fait n'aguere bien du bruit,
Ie pensois que tout fust destruit,
Oyant gronder dedans sa teste
Vne affreuse & rude tempeste,
Laquelle est tombée à grands bonds,
Dessus Gillette aux cheueux blonds,
Et mesmes sur mes homoplattes,
En la tirant d'entre ses pattes.

Le Gentilhomme.

O le malheur ! en arriuant,
I'ay trouué Marte icy deuant,
Laquelle m'a dit la furie
De ta maistresse, & sa cririe.

Maturin.

Par bieu, monsieur vous ferez bien,
Si cette rage encor la tien,
De n'entrer si tost dans la salle,
De crainte qu'elle ne vous halle,
Ou plustost vous sautte au collet,
Et vous plume comme vn poullet.

Le Gentilhomme.

Elle est doncques bien transportée.

Maturin.

Elle est tellement agitée
De ialousie & de fureur,
Que i'en tremble encore d'horreur,
Et mais que vostre honneur se garde,
I'ay fait quelque peu de moutarde,
Dedans le fond du vieil estuy
De mon fessier, le tout d'ennuy,
D'auoir veu telle batterie
Sur Gillette, ma fauorie.

Le Gentilhomme.

Me contant ce mal arriué,
Tu fais icy tout du priué,
Or va-ten & ne te soucie,
Ie rendray ma femme adoucie,
Auant que le soleil qui luit,
Face place à l'obscure nuit,
Que n'ay-ie au mal qui me tourmente,
Vne ame aussi-bien patiente,
Que celle de ce fol garçon,
Qui rit de tout, de la façon
Que faisoit iadis Démocrite,
Dont l'on vante encor le merite.

SCENE II. & derniere.

Maturin, & Maistre Iosse.

Maturin.

G Ambades, gambades en l'air,
C'est fait, il n'en faut plus parler,

Le sort repare mes dommages,
Et m'éleue cinq cens étages
Par dessus toute sorte d'heur,
Ie pette dessus la grandeur,
Des plus hauts hupez de remarque,
Et ne voudrois estre Monarque,
Des Mores, ny des Othomans,
N'y de nos coussins Allemans,
Hà comme ie m'en vais m'ébatre,
Et m'en donner autant que quatre,
Hà comme ie m'en vais tantost
Remplir ma pance de bon rost,
Et de sydre mon cher delice,
Afin d'estre plus fort en lice,
Lors qu'il faudra m'y presenter
Cette nuict proche, pour iouster
Auec ma lance naturelle,
Contre vne qui m'estoit rebelle,
Mais ie me vais trop retardant,
Le temps se passe, & cependant
Mon contentement se diffère,
Sus allons viste au prébitere
Querir maistre Iosse le Roux,
Pour me faire monsieur l'espoux,
Ie vays frapper d'vne main forte,
De mon batton contre sa porte.

Maistre Iosse.

Ho, qui frappe si rudement?

Maturin.

Monsieur, ouurez-moy promptement,
I'ay haste ie suis hors d'alaine
D'auoir couru. **Maistre Iosse.** *Ho quelle paine*

Est-ce qui te vient affliger?

Maturin.

Monsieur, vous pouuez l'alleger,
Accordant mon humble requeste,
Et mettant dessus vostre teste
Vostre large bonnet carré.

Maistre Iosse.

Et quand ie m'en seray paré,
Que seruira cette entreprise.

Maturin.

Nous nous en irons à l'Eglise,
Où la robe sur vostre dos,
Vous me direz, coniongo vos.

Maistre Iosse.

Ores i'entens ton badinage,
Tu me parles de mariage,
N'est-il pas vray.   Maturin.   Monsieur, ouy.

Maistre Iosse.

Vrayment i'en suis tout réiouy,
A la bonne heure, Dieu te donne
Vne femme gentille & bonne,
Mais dy, comme la nomme-ton.

Maturin.

C'est la fille de Rogâton.

Maistre Iosse.

Qui Gillette, vostre seruante?

Maturin.

C'est elle de qui ie me vante.

Maistre Iosse.

Ma foy, ie n'en suis pas fasché,
Mais comment s'est fait ce marché?

Madamoiselle courroucée
Ne l'auoit-elle pas chaßée?

Maturin.

Ouy, par vn mauuais rapport
Que l'on luy feiſt. Maiſtre Ioſ. Elle eut grand tort
De faire boire cette honte
A cette fille, elle eſt trop pronte,
Vrayment ie ne l'euſſe pensé,
Mais comme tout s'eſt-il paßé,
Ie voudroy bien vn peu l'entendre.

Maturin.

Encor qu'il me faſche d'attendre
Si longuement, ie veux pourtant
Le tout vous aller racontant,
Madamoiselle fut ſaiſie
Du mal qu'on nomme ialouſie,
Par vn faux rapport inuenté,
Dont ſon eſprit fut tranſporté
Hors des limites raiſonnables,
Comme celuy des bacanalles,
Mais pour abreger mon diſcour,
Oyez, qui feiſt ce méchant tour,
Ce fuſt Agatte la mauuaiſe,
De qui l'eſprit n'eſt iamais aiſe,
S'il n'apporte quelque debat,
Qui face venir au combat,
Or comme elle eſtoit reſoluë
De cette action diſſoluë,
S'en mocquant ſeulette à l'écart,
Madamoiselle en quelque part,
Entendit au long l'artifice,
Qu'auoit tins cette fine épice,

Ce qui feist qu'elle la tança,
Et rudement la menaça
De luy donner deſſus la iouë,
Si deuant tous elle ne louë
Gillette luy criant mercy
De l'auoir offencée ainſi,
Puis cela fait elle commande,
Que tout ſur le champ on luy mande
Qu'elle reuienne promptement,
Et ſon pere ſemblablement,
Eſtant venuë en diligence,
Chacun connut ſon innocence,
Et qu'Agatte pour ſe vanger,
L'auoit ainſi voulu charger,
Dont ie ſenty telle allegreſſe,
Que i'en feis maint tour de ſoupleſſe,
Puis ſans plus long temps dilayer,
Humblement i'alay ſupplier
Son pere, auquel elle reſſemble,
De nous vouloir conioindre enſemble,
Ce qu'enfin m'ayant accordé,
Deuers vous ie ſuis abordé,
Pour requerir voſtre aſſiſtance.

Maiſtre Ioſſe.

Cela va bien, or ſus auance,
Allons nous-en te marier.

Maturin.

Allons, mais ie voudrois prier
Cette aſſiſtance venerable,

De prendre place à nostre table,
Et d'estre de nostre festin,
Mais ie crains que l'esprit mutin
De nostre bonne Damoiselle
Ne leur brasse quelque querelle
Dont i'aurois un bien grand émoy
Pource chacun aille chez soy.

FIN.